KB213829

물푸레나무를 생각하는 저녁

물푸레나무를 생각하는 저녁

김 태 정 시 집

창비

차 례

제1부

호마이카상

이젠 너를 갈아치울 때가 되었나보다
네가 낡아서가 아니야
싫증 나서는 더더욱 아니야
이십년 가까운 세월을 함께해온
네가 이젠 무서워졌다
무서워졌다 나의 무표정까지도 거뜬히
읽어낼 줄 아는 네가,
반질반질 닳아버린 귀퉁이만큼 노련해진 네가.
너를 펼쳐놓는 순간부터
시를 쓸지 책을 읽을지
아니면 밥을 차려 먹을지
내 행동을 점칠 줄 아는 네가 무서워졌다
네 앞에서 시를 쓴다는 것이,
네 앞에선 거짓말을 못한다는 것이 무서워졌다
이십년 전이나 이십년 후나
변함없이 궁핍한 끼니를 네게 보여야 한다는 것이
불편해졌다

책상도 되고 밥상도 되는 네 앞에서
시도 되지 못하고 밥도 되지 못하는
나의 현재가 문득 초라해졌다
시가 밥을 속이는지
밥이 시를 속이는지
죽도 밥도 아닌 세월이 문득 쓸쓸해졌다
이 초라함이,
이 쓸쓸함이 무서워졌다
네 앞에서 발바닥이 되어버린 자존심
아무래도 이 시시한 자존심 때문에
너를 버려야 할까보다
그래 이젠 너를 갈아치울 때가 되었나보다

슬픈 싼타

바람 부는 성탄 전야
쏟아지는 잠을 쫓으며
그림동화 원고를 메운다
삼십여년 전의 아비가 되어……

옛날 옛적 갓날 갓적 호랑이 담배 먹고 여우가 시집 가던 시절에 인당수보다 깊고 보릿고개보다 높고 배고픔보다 서러운 산골에 참배같이 늠늠하고 댕돌같이 단단하고 비단처럼 마음씨 고운 나무꾼이 살았더란다…… 어느 추운 겨울날 배고픈 호랑이가 산속에서 어슬렁어슬렁 내려와…… 어쩌면 외로워서 동무가 그리워서 혼자 겨울날 것을 생각하니 까마아득해져서 그래서 호랑이는 산골마을로 내려온 것인지도 모르겠지만…… 파랑 병을 던지니 물바다가 되고 빨강 병을 던지니 불바다가 되고…… 그래서 호랑이는 꽁지가 빠져라 도망을 가고 나무꾼은 참배 같은 댕돌 같은 아들딸 낳고 알콩달콩 행복하게 살았더란다.

최저생계비도 되지 못하는 원고지만
그래도 이런 해피엔딩이 있어서 좋다
삼십여년 전 아비도 그랬을까

삼십여년 전 아비의 그림동화 속에서
심청이는 심봉사와 해후하고
홍길동은 혁명을 시도하고
춘향이는 사랑을 꽃피우고
아비는 원고지에 무엇을 완성했을까
호랑이처럼 입 벌리고 있는 가난에
희망의 파랑 병 빨강 병을 던져
아비는 무엇을 구했을까

시인도 되지 못하고 소설가도 되지 못한 아비
아침이면 식구들의 양식이 되고
아이들의 양말이며 운동화가 될 원고지에

아비는 좌절된 해피엔딩을 꿈꾸었을까

어린 남매와 만삭의 아내
그리고 눈 내리는 성탄 전야
사랑도 혁명도 희망도
아비에게는 한끼의 봉지쌀도 되어주지 못하던
1960년대 그 미완의 성탄 전야

나의 아나키스트

1980년대를 거쳐온 1963년생 소위 386세대라고 불리던 그러나 386컴퓨터와는 지극히 거리가 먼 나같이 비과학적 비문명적인 사람도 286이나마 컴퓨터가 있으니 참 살기 좋은 세상이다

자판을 누르기만 하면 척척 글자가 나오고 오자가 나오면 고쳐주고 맘에 들지 않는 문장은 지워주고

펜으로는 도저히 따라잡을 수 없는 내, 생각의 속도보다 앞질러 미리 시가 되어주고

원고지 백매 천매라도 잊어버리지 않고 기억해주는, 또한 원고지 백매 천매라도 단 한순간 눈 깜빡할 사이에 지워주는

이 286컴퓨터는 1996년 브리태니커 백과사전 색인 교정 아르바이트 일당 4만원으로 장만한 내 재산목록 1호

부티나는 장정의 브리태니커 백과사전은 멀리 바다 건너오느라 후진국 가난한 시인의 생계를 알 리 없겠지만

아무튼 일당 4만원의 노동으로 장만한 286은 그후 내

내 밥줄이 되어주었는데 386은 물론 486도 가고 586도
가고 따라올 테면 따라와보라는 속도의 최강자만이 살아
남는 인터넷 시대에

　내가 아직도 286을 버리지 못하는 이유는 일당 4만원
의 땀 밴 추억 때문도 아니고 재활용에 대한 알뜰한 집착
때문도 아니다

　원고로 먹고사는 사람들에겐 뭐니뭐니 해도 컴퓨터의
장점은 속도와 정보와 통신이라지만

　정보와 통신이 두절되고 속도를 아예 잊어버린 그의
자폐적 태평세월이 흔적을 남기지 않는 그의 신중함이
열받을 땐 백매든 천매든 미련없이 날려버리는 그 화끈
함이 내겐 무엇보다 믿음직스러워서

　어떤 사상이든 어떤 정견이든 어떤 욕설이든 내뱉어도
발설하지 않는 나의 286은 외계와의 교신을 버린 아나키
스트라서

　흔적을 사냥하는 광견의 시대 팔공년대를 통과하면서

천기누설공포증이라 해도 좋을 풍토병을 다만 아웃사이
더였을 뿐인 나까지 덩달아 앓았으니

볼펜을 쥐는 것조차 두렵던 시절 시도 편지도 머릿속
으로만 쓰는 습관이 들었으므로 전화번호를 씹어삼키는
버릇이 생겼으므로

이제 나의 286은 천하무적이다

내가 무슨 소리를 지껄여도 어떤 사상을 꿈꾸어도 어
떤 정치꾼을 욕한대도 어떤 정견을 갖고 있대도

아무도 모르는 오직 나와 286과의 암묵적인 약속, 수상
한 문자는 깨끗이 지워준다는 불온한 유전자는 절대 유
출하지 않는다는 외계와의 교신은 완벽하게 끊어준다는
알리바이를 확실히 담보해준다는 약속을 나는 철저하게
맹신한다

이것이 팔공년대에 대한 나의 증오이고 애정이라 해도
좋다 머지않아 다시 컴퓨터 대란이 올지라도

시의 힘 욕의 힘

시가 안될 때
요렇게 한번 해보렷다
개새끼!
그래도 안될 때
죽어도 안될 때
쫌스럽게 하지 말고
똑 요렇게
씹새끼!
설사가 나오지?
후련하지?

욕이라는 것은 그래서 좋은가
사람들은 그래서 사는가

개당 50원짜리 실밥따기에 코피를 쏟아도
개새끼!
사람들은 그 생의 들숨으로 온 밤을 버티지

종종 삶의 비탈길에서 허방을 짚어도
씹새끼!
사람들은 그 생의 날숨으로 땅을 짚고 일어서지

그래 나도 시가 안될 때 한번
개새끼!
그래도 안될 때
죽어도 안될 때
씹새끼!
설사가 나온다
후련하다
시를 쓴다는 것은 그래서 좋다
나는 그래서 산다

순도 백 퍼센트를 내세우고도 모자라
순, 진짜만을 부르짖는 예술순교주의파 시인들이
점잖게 경멸을 한다 해도 어쩔 수 없는

힘을 준다는 것
견디게 해준다는 것
시와 욕은 그래서 하나라는 것
이것이 나의 시론이고 개똥철학일 수밖에

오늘밤 기차는

　오늘밤 기차는 나비처럼 나비처럼만 청산 가자 하네 청산엘 가자 하네 북덕유 남덕유 지나 육십령은 너무 늙어 청산은 간 곳 없고 반야 천왕봉 시방 일러 꽃내음 아득하니 심진강 물후미 놀아 남으로 남으로나 내려가자네 오늘밤 기차는

　나비처럼 나비처럼만 청산 가자 하네 청산엘 가자 하네 꽃아비야 너도 가자 쇠도 살도 산그늘에 흩어버린 채, 꽃각시야 너도 가자 감푸른 고기떼 달물결 타는 남해 큰 바다 여수는 여수(麗水)로되 잠도 꿈도 곤곤하련만

　나비야 심청이처럼 심청이처럼만 풍더덩 뛰어든 심해 혼몽 끝에 꽃은 피어 온통 동백이로구나 그 환한 어혈 속에 집이 들어 비난수하는 할마이 잠마다 꿈마다 꽃이슬로 슬맺혀 있고야 나비야 청산 가자 여수 14연대 구빨치 뫼똥도 없는 아비의 기일이면 달싹쿵달싹쿵 꽃몸살 하는 동박새 함께 놀다 가자 밥도 잠도 폭폭하면 꽃그늘 속 푸르고 바랜 이끼 위에 살풋 머물다 가자

겨울산

한시절 붉고 노란 단풍으로
내 마음 끝없이 일렁이게 하더니
끝없이 일렁여 솔미치광이버섯처럼
내가 네 속을 헤매며
네가 내 속을 할퀴며 피
흘리게 하더니
이제 산은 겨울산이다
너는 먼빛으로도 겨울산이다

어느결에 소스라치게 단풍 들어
네 피에 내가 취해 가을이 가고
풍성했던 열애가 가고
이제 우린 겨울산이다
마침내 헐벗은 사랑이다
추운 애인아
누더기라도 벗어주랴
목도리라도 둘러주랴

쌀 한줌 두부 한모 사들고 돌아오는 저녁
내 야트막한 골목길에 멈춰서서 바라보면
배고픈 애인아
따뜻한 저녁 한끼 지어주랴
너도 삶이 만만치 않았으리니
내 슬픔에 네가 기대어
네 고독에 내가 기대어
겨울을 살자
이 겨울을 살자

울어라 기타줄

가진 것이라곤 달랑 깡통밖에 없던 그가, 무전취식에
문전걸식에 다리밑 인생인 그가, 공중변소 안에 웅크려
앉아 빵을 뜯어먹던 그가 사회정화의 몽둥이로 밑바닥을
일망타진하던 짭새들에게 끌려갔다는 이야기 한 대목.

저거이 사람이냐 저거이 사내냐 니는 워디서 왔다 워
디로 가는 인생이간디 뭐 묵고 헐 지랄이 읎어서 노다지
동냥질이냐 동냥질이. 도대체 저 인생은 뭣으로 산다냐
왜 산다냐.

하며 짭새들이 밟아댔다는데 갑자기 그가 웃통을 홀떡
벗어젖혀 순간, 어리둥절하며 할말을 잃은 광주의 어느
뒷골목. 팽팽한 기타줄처럼 쟁쟁한 긴장감이 감돌았다는
데, 포획당한 짐승의 눈빛은 솟구치는 쇳물꽃만 같았다
는데…… 기타 치는 폼으로 기타줄 고르듯 그가 제 갈비
뼈를 뜯으며 멋들어지게 뽑아댄 눈물의 십팔번이라는
것이

나앟서어얼으은 타햐아앙에에에서어 그으나알 바암 그으 처어녀어어가아 웨엔이이일이이인지이 나아르을 나아아르을 모옷이이이잇게에 하아아아네에 기타아아아 주우울에에 시일으은 사아라앙 뜨으내애애기이 사아라 아앙 우울어어어라아 추우어어억의 나아의 기이이타아 아여어

　구절양장 산길을 타듯 솟구쳤다 사라지고 사라졌다 솟구치는, 굽이굽이 강물이 흐르듯 무심한 듯 유정하고 유정한 듯 무심한, 유장한 목청 하나로 세상과 맞장을 떴다는데, 그의 기타줄도 그렇게 울었다는데

　뭐 땀시 뭔 낙으로 사느냐고?

　누더기 속에 감춰진 앙상한 갈비뼈…… 구절양장 그의 오장육부와 사라졌다 솟구치고 솟구치다 사라지는 그의

생애와 무심한 듯 유정하고 유정한 듯 무심한 그의 사랑
을 지탱해주는, 가래침 같은 모멸과 치욕과 증오를 다스
리게 해주는, 아무도 모를 그의 직립의 비밀은 거기 있었
다는, 흘러간 팔십년대 신파극 한 대목은 그렇게 막을 내
렸다는 이야기.

눈물의 배후

십년 묵이 낡은 책장을 열다가 그만
목구멍이 싸아하니 아파왔네
아침이슬 1, 어머니, 어느 청년 노동자의 삶과 죽음
때문이 아니라
먼지 때문에, 다만 먼지 때문에

수염이 텁수룩한 도이치 사내를 펼쳐 보다가
그만 재채기를 했네
자본론, 실천론, 클라라 쩨트킨, 꽃도 십자가도 없는
묘지
때문이 아니라
먼지 때문에, 다만 먼지 때문에

사람으로 산다는 것이 힘들다던
네루다 시집 속엔
오래 삭힌 멍처럼 빛바랜 쑥이파리 한점
매캐한 이 콧물과 재채기는

먼지 때문에
사람으로 산다는 것이 힘들다는 그 말
때문이 아니라
다만 먼지 때문에

바람이 꽃가루를 날려보내듯
먼지가 울컥, 눈물을 불러일으켰나

청소할 때면 으레 나오던 재채기도
재채기 뒤에 오는 피로도
피로 뒤에 오는 무기력함도
무기력함으로 인한 단절과 해체도
그 쓸쓸함도, 그 황폐함도 다만
먼지 때문이라고 해두자
먼지보다 소심한 눈물 때문이라고 해두자

그 사소한 콧물과 눈물과 재채기 뒤에

저토록 수상한 배후가 있었다니

꽃도 십자가도 없는
해묵은 먼지의 무덤을 열어보다가
그만 눈물이 나왔네
최루가스 마신 듯 매캐한 눈물이
먼지 때문에, 다만 먼지 때문에

물푸레나무

물푸레나무는
물에 담근 가지가
그 물, 파르스름하게 물들인다고 해서
물푸레나무라지요
가지가 물을 파르스름 물들이는 건지
물이 가지를 파르스름 물올리는 건지
그건 잘 모르겠지만
물푸레나무를 생각하는 저녁 어스름
어쩌면 물푸레나무는 저 푸른 어스름을
닮았을지 몰라 나이 마흔이 다 되도록
부끄럽게도 아직 한번도 본 적 없는
물푸레나무, 그 파르스름한 빛은 어디서 오는 건지
물 속에서 물이 오른 물푸레나무
그 파르스름한 빛깔이 보고 싶습니다
물푸레나무빛이 스며든 물
그 파르스름한 빛깔이 보고 싶습니다
그것은 어쩌면

이 세상에서 내가 가장 사랑하는 빛깔일 것만 같고
또 어쩌면
이 세상에서 내가 갖지 못할 빛깔일 것만 같아
어쩌면 나에겐
아주 슬픈 빛깔일지도 모르겠지만
가지가 물을 파르스름 물들이며 잔잔히
물이 가지를 파르스름 물올리며 찬찬히
가난한 연인들이
서로에게 밥을 덜어주듯 다정히
체하지 않게 등도 다독거려주면서
묵언정진하듯 물빛에 스며든 물푸레나무
그들의 사랑이 부럽습니다

최초의 성찬

축하한다
생애에 축하할 일이 하도 없어서
생애에 그다지 기쁜 일이 많지 않아서
생일이나마 축하한다

이 세상에 태어난 것을 축하한다
이 세상에 태어나 살아남은 것을 축하한다
이 세상에 태어나 살아남아서 한살 더 먹게 된 것을 축
하한다

흰 쌀밥과 미역국
이 단순한 흑과 백의 영토 안에서
일시에 모든 계급적 경계를 허무는
또한 모든 계급적 경계를 낳는
'해피벌스데이투유' 그 경쾌한 전지구적 진혼가는
차라리 포스트모던한 야유에 가깝다

아무려나 생일상 앞에서만큼은
보수도 진보도 따로 없으려니
자본이든 노동이든
철조망이든 비무장지대든
칠공년대든 팔공년대든
오일팔 육이구 국가보안법 남북정상회담 월드컵……
그리고 요강, 망건, 장죽, 장전, 구리개약방, 신전, 피혁
점, 곰보, 애꾸, 애 못 낳는 여자, 무식쟁이* 등 무수한 반
동들까지
그 모든 한국적 영광과 한국적 비애는
다만 한그릇 미역국에서 태어나
다시 다국적 밥상으로 마주할 뿐
뒤집어진 야유가 오늘의 축가를 은유할지언정
너와 나는
살아남은 값으로 최초의 성찬과 대면하리니
열화우라늄탄이 바그다드를 겨냥한다 해도
한반도의 밥상은 튼튼하고 안전할지니

축하한다 이 세상에 태어남을

* 김수영의 시 「거대한 뿌리」에서 인용.

미황사(美黃寺)

열이레 달이 힘겹게 산기슭을 오르고 있었습니다
사랑도 나를 가득하게 하지 못하여
고통과 결핍으로 충만하던 때
나는 쫓기듯 땅끝 작은 절에 짐을 부렸습니다

세심당 마루 끝 방문을 열면
그 안에 가득하던 나무기둥 냄새
창호지 냄새, 다 타버린 향 냄새
흙벽에 기댄 몸은 살붙이처럼
아랫배 깊숙이 그 냄새들을 보듬었습니다

열이레 달이 힘겹게 산기슭을 오르고 있었고
잃어버린 사람들을 그리며 나는
아물지 못한 상실감으로 한 시절을
오래, 휘청였습니다

······색즉시고옹공즉시새액수사앙행식역부우여시이
사리자아아시이제법공상불생불며얼······ 불생불멸······

불생불멸…… 불생불멸……

꽃살문 너머
반야심경이 물결처럼 출렁이면
나는 언제나 이 대목에서 목이 메곤 하였는데

그리운 이의 한 생애가
잠시 내 손등에 앉았다가 포르르,
새처럼 날아간 거라고
땅끝 바다 시린 파도가 잠시
가슴을 철썩이다 가버린 거라고……
스님의 목소리는 어쩐지
발밑에 바스라지는 낙엽처럼 자꾸만
자꾸만 서걱이는 것이었는데

차마 다 터뜨리지 못한 울음처럼
늙은 달이 온몸을 밀어올리고 있었습니다

그의 필생의 호흡이 빛이 되어
대웅전 주춧돌이 환해지는 밤
오리, 다람쥐가 돌 속에서 합장하고
게와 물고기가 땅끝 파도를 부르는
생의 한때가 잠시 슬픈 듯 즐거웠습니다
열반을 기다리는 달이여
그의 필생의 울음이 빛이 되어
미황사는 빛과 어둠의 경계에서 홀로 충만했습니다

월광(月光), 월광(月狂)

불을 끄고 누워
월광을 듣는 밤
낡고 먼지 낀 테이프는
헐거워진 소리로 담담한 듯, 그러나
아직 삭이지 못한 상처도 있다는 듯
이따금 톡톡 튀어오르는 소리

소리를 이탈하는 저 소린
불행한 음악가가 남긴 광기와도 같아
까마득한 상처를 일깨워주네

어느 생엔가 문득 세상에 홀로 던져져
월광을 듣는 밤은
미칠 수 있어서
미칠 수 있어서 아름답네
오랜만에 상처가 나를 깨우니
나는 다시 세상 속에서 살고 싶어라

테이프가 늘어지듯 상처도
그렇게 헐거워졌으면 좋겠네
소리가 톡톡 튀어오르듯 때론
추억도 그렇게 나를 일깨웠으면 좋겠네

불을 끄고 누워 월광을 듣는 밤
저 창밖의 환한 빛은
달빛인가 눈빛인가

가을 드들강

울어매 생전의 소원처럼 새가 되었을까
새라도 끼끗한 물가에 사는 물새가

물새가 울음을 떨어뜨리며 날아가자
바람 불고 강물에 잔주름 진다
슬픔은 한 빛으로 날아오르는 거
그래, 가끔은 강물도 흔들리는 어깨를
보일 때가 있지
오늘같이 춥고 떨리는 저녁이면
딸꾹질을 하듯 꾹꾹 슬픔을 씹어 삼키는,
울음은 속울음이어야 하지 울어매처럼
저 홀로 듣는 저의 울음소린
바흐의 무반주첼로곡만큼 낮고 고독한 거
아니아니 뒤란에서 저 홀로 익어가는
간장맨치로 된장맨치로 톱톱하니
은근하니 맛깔스러운 거

강 건너 들판에서 매포한 연기 건너온다
이맘때쯤 눈물은
뜨락에 널어놓은 태양초처럼
매움하니 알큰하니 빠알가니
한세상 슬픔의 속내, 도란도란 익어가는데
강은 얼마나 많은 울음소릴 감추고 있는지
저 춥고 떨리는 물무늬 다 헤아릴 길 없는데
출렁이는 어깨 다독여주듯
두터워지는 산그늘이나 한자락
기일게 끌어당겨 덮어주고는
나도 그만 강 건너 불빛 속으로 돌아가야 할까부다

사방연속꽃무늬

가위질을 하면서 엄고만은 들창 밖 아이들 소리에 귀를 기울인다

한때 골목을 이루었던 집들은 허물어져 안과 밖을 알수가 없는데 잿더미 먼지 속에서도 아이들 웃음소리는 포크레인보다 힘차다

나사가 풀린 가위는 곧잘 삐걱이고 엄고만 벌겋게 부어오른 손마디마다 삐걱이고 흔들리며 살아온 지난날이 형광등 불빛 아래 실밥으로 날아오른다

에취, 알레르기성 비염의 나는 어김없이 재채기를 하고, 재채기 끝에 빙긋 웃으며 엄고만 실꾸리를 풀듯 지난날을 풀어놓는다

팔육년 에이급 미싱사 엄고만은 가까스로 야간대학에 턱걸이한 엄고만은 낮에는 노동자 밤에는 늙은 학생 엄고만은 4년 내내 강의록이 비어 있었는데

팔육년 신입생 시절엔 잔업 특근 조출 철야에 주경야

독은 오로지 꿈속의 일이었고

　팔칠년 호헌철폐 독재타도의 6월은 강의록 갈피갈피
최루가스로 눈물꽃을 피웠고

　팔팔년엔 분단올림픽 반대를 외치며 아예 가두에 드러
눕느라 엄고만의 강의록은 또 3년째 비어 있었는데

　졸업이 코앞에 닥친 팔구년엔 이제야말로 공부 좀 해
보겠다던 팔구년엔 학원자주화의 깃발을 내건 후배들이
일제히 강의실을 봉쇄해 엄고만, 끝내 그 눈물의 바리케
이드를 허물 수 없어 차라리 강의록을 찢어버렸던 엄고
만은

　사는 게 때론 재채기처럼 우발적일 때도 있더라는 엄
고만은 사방연속꽃무늬 벽지를 따라

　한세상 즐거운 난장을 벌이듯 구멍 뚫린 난닝구와 목
장갑 뒤꿈치 불거진 양말 몇켤레 단추 떨어진 푸른색 작
업복 등, 마지막 한방울의 땀까지 알뜰히 허용했던 식솔
들을 널어놓고

미싱에 기름을 치는 엄고만은

손바닥만한 마당이 소원이라는 엄고만은

사방연속꽃무늬처럼 나를 향해 한번쯤 화안하게 웃어
보이는 엄고만은

내가 4년 내 대리출석해주던 나의 야간대학 동창생

부업

부업이나마 한 일년
코일을 감고 나사를 돌려도
시급 2,000원의 밥을 모른다는 말씀

연결대에 나사를 끼우는 것은 아주 단순한 일
엄지와 검지만으로도 나사가 돌듯
세상은 바삐바삐 또 때론 단순하게도 돌아가지만
컨베이어를 타고 온 시간은 차곡차곡
박스째로 부려지지만

우두커니 완성품이나 세고 있는
철없는 시인
손톱 밑의 쇳가루나 파고 있어라
쇠의 밥을 먹겠다는 엉뚱한 시인
기름때 먼지 한가운데 그저 우두커니 서 있다가
한바탕 싸우고 난 사람들처럼
막 작업장을 나서는 사람들의 열기나 느껴보아라

손끝에 남아 있는 쇠의 온기나 힘껏 쥐어보아라

부업이나마 한 일년
가윗밥을 넣고 아이롱을 달구어도
밥의 내력을 모른다는 시인
밤새 꾸벅이며 실밥이나 따고 있어라
하루종일 빽이치는 미싱 소리에
서투른 가위질이나 하고 있어라

그래도 모른다면
해가 지고 해가 떠도
기계가 멈추고 기계가 돌아도
끝내 모른다면

요 시인, 철없는 시인
아는 것과 모르는 것은 다만
생업과 부업의 차이

다시 해가 뜨고 해가 지고
기계가 멈추고 기계가 돌아도
끝내 변하지 않는 사실
엄지와 검지의 굳은살로 밥이 된다는 것만 알아라
그것만 알고 있어라

혀와 이

밥을 먹다 반쪽이 떨어져나갔다
벌레 먹은 오른쪽 어금니
잇몸 속에 박혀 있는 나머지 반쪽이
예리한 칼날 같다
말을 할 때나 밥을 먹을 때
혀는 종종 상처를 입는다
가끔 혀 아랫부분이 벌게진 것은
혀와 이가 피 터지게 싸운 흔적.
그렇다고 밥을 안 먹을 수도
말을 안하고 살 수도 없는 노릇이다
어차피 혀로써 반쪽 어금니를 길들일 수 없다면
교묘하게 칼날을 비껴가는 방법을 터득하기로 한다

그러다보니 가끔 말이 헛나온다
혀가 이를 피해갈수록
말이 자꾸 교묘해진다
말이 교묘해질수록

발은 자주 덫에 걸린다

잇몸 위에 솟아 있는 어금니 반쪽
혀가 상처를 입지 않으려면
밥알을 좌편향으로 굴릴 수밖에 없다
왼쪽 어금니를 착취하지 않을 수 없다
혀가 더 교묘해지지 않을 수 없다

샤프로 쓰는 시

오늘은 조카가 선물해준 샤프로 시를 써보기로 한다
굵고 뭉툭한 연필심에 비하면
이 가늘고 날카로운 0.5밀리 샤프심은
가볍고 세련된 샤프의 자존심을 증거한다
아무리 정교한 세밀화라 해도
구석구석 닿지 않는 곳이 없는 샤프심은
가끔 내 삶의 미세한 신경회로를 건드리지만
그 정도 사소한 경박성쯤은
애교로 봐줄 아량도 과시하면서

뒤꼭지만 눌러주면 무한정 심이 나오는
그의 놀라운 생산력은
몽당연필도 아쉬웠던 나의 어린시절을 조롱하는 듯도
하지만
샤프로 시를 쓰는 오늘만큼
내 손아귀에서 내 어깨에서 내 삶에서
짐짓 무게를 덜어내고자 한다

그러므로 손끝의 힘을 빼고
빙판 위를 미끄러져 나가는 쇼트트랙 선수처럼
가볍게 여유롭게 어디 한번 중력을 탈주해보자
생계만큼 무거운 원고지의 중량을 통과해보자
그러나……

처음으로 샤프를 쥔 손은 불안하고 또 불온하다
글자와 글자 사이를 곡예하듯 아슬아슬하다
너무 힘을 줘도 너무 힘을 빼도 안되는
그 적당히 상투적이고
또 적당히 온건한 힘의 원리를 알 턱이 없는

손끝의 긴장은
자꾸만 심을 부러뜨리고
해독할 수 없는 문자를 낳고
기호와 눈치뿐인 시를 낳고

무능력자로 낙인 찍힐까 두려워하는
시인을 낳는다

뭘 그까짓 샤프 하나 땜에 주눅드냐고 비웃지 마라
손끝의 가벼움인지
손끝의 자유로움인지
가벼움도 자유도 여유도 애교도 뭣도 아닌
풍자도 은유도 거세된 시인이여
그 '적당히'가 적당히 안되는 불온한 시인이여

제2부

어란, 리미

그애에게선 늘 비린내가 났다
어란에서 왔다는
배꽃 리에 아름다울 미
그러나 볼을 꽈릿빛으로 물들이며 웃는 모습은
차라리 동백꽃에 가깝다고 나는 생각했다
리미? 니미? 에라 니기미
더러 짓궂은 마을 처사들의 농에도
그저 배꽃처럼 수줍은 이를 감추며 웃던
간질을 앓는다는 그애, 배꽃 필 무렵이면
아프다던 스물아홉 나이가 문득 슬펐다

공양간 툇마루에 붙은 그애의 방은
차마 엿들을 수 없는 전설처럼
늘 고적하게도 닫혀 있었지만

햇살 다냥한 아침 박새란 놈
심심한 부리로 콕콕 방문을 두드려

살그머니 벌어지는 문지방 너머
파래처럼 젖은 머리카락 냄새
풀물 들어 눅눅한 잿빛 승복 냄새
스물아홉 처녀의 살 비린내가 뜨물처럼 설레어왔고
읽다 만 법화경 어느 구절엔
빛바랜 꽃잎인 듯
눈물자국이 비늘무늬를 새겨넣기도 했던 것이다

윤사월 달빛이
툇마루에 비파나무 그림자를 드리울 때
청어알처럼 잠든 방에서 그애
강오름물고기를 꿈꾸었을까
파동치는 꿈결 따라 어란, 그 고단한 푸른 물소리 밀려
오면
뱃전에 튀어오르는 물고기떼처럼 그애
팔지느러미를 파닥이며 태앗적 울음을 터뜨리는 것이
었는데

상처난 아가미로 비린 거품을
스물아홉 생의 바다를 토해내는 것이었는데

리미는 저 비린내에서 왔을까
바다를 버린 물고기처럼
뭍으로 뭍으로만

달빛이 그니러워 그애,
온몸 파닥이며 비늘을 떨구던 밤
어미 몸을 벗어나는 치어 한마리
그 눈부시도록 아픈 난생의 비밀을
나는 그예 보고야 말았던 것이다

달마의 뒤란

어느 표류하는 영혼이
내생을 꿈꾸는 자궁을 찾아들듯
떠도는 마음이 찾아든 곳은
해남군 송지하고도 달마산 아래

장춘이라는 지명이 그닥 낯설지 않은 것은
간장 된장이 우리 살아온 내력처럼 익어가는
윤씨 할머니댁 푸근한 뒤란 때문이리라

여덟 남매의 탯줄을 잘랐다는 방에
무거운 배낭을 내려놓고 모처럼 나는
피곤한 몸을 부린다
할머니와 밥상을 마주하는 저녁은 길고 따뜻해
이 세상이 이 세상 같지 않고

개밥바라기별이 떴으니
누렁개도 밥 한술 줘야지 뒤란을 돌다

맑은 간장빛 같은 어둠에
나는 가만가만 장독소래기를 덮는다
느리고 나직나직한 할머니의
말맛을 닮은 간장 된장들은 밤 사이
또 그만큼 맛이 익어가겠지

여덟 남매를 낳으셨다는 할머니
애기집만큼 헐거워진 뒤란에서
태아처럼
바깥세상을 꿈꾸는 태아처럼 웅크려 앉아
시간도 마음도 놓아버리고 웅크려 앉아
차랍차랍 누렁이 밥 먹는 소릴 듣는

해남하고도 송지면 달마산 아래
늙고 헐거워져 편안한 윤씨댁 뒤란은
이 세상이 이 세상 같지 않고
오늘밤이 오늘밤 같지 않고

어제가 어제 같지 않고
내일이 내일 같지 않고 다만

개밥바라기별이 뜨고
간장 된장이 익어가고
누렁이 밥 먹는 소리
천지에 꽉 들어차고

서정저수지
리미에게

그때 우린 저수지 둑 위에 앉아 있었지
어둠이 빚어낸 달빛에
삐비풀은 그림자로만 흔들리고
너무 깊이 물소리를 감춰 차라리
텅, 비어 있는 것만 같던 저수지
너의 노래는 낮게 더 낮게
잔잔한 비늘결에 물수제비를 띄우며
어둠 저편으로 가라앉았지

두륜산 어느 암자에 두고 온
네 첫사랑은 알코올중독이라 했겠다
무심코 바람이 불어
달빛 속을 튕겨오르는 은빛 물비늘떼

열다섯 무렵부터 앓게 된 간질은
스물아홉의 풋사랑마저 허락지 않는다며
너는 또 쓸쓸히 웃었던가

하여 너의 사랑은, 깊이 감춰
텅 빈 것만 같은 너의 사랑은
어둠이 가만가만
달빛을 그늘새김하는 꽃살문 저쪽
몰래 취기 어린 사내의
뎅구는 술병 속 공명으로만 사무칠 뿐
깊이 감춰 텅 빈 것은
너의 사랑만이 아니어서

그때 우리 다만, 저수지 둑 위에 앉아 있었던가
달빛이 너와 나 사이
비밀경전처럼 내밀한 경계를 이루고
어둠을 완성하는 너의 침묵과
달빛을 갈망하는 나의 결핍 사이
깊이 감춰 텅 빈 것은 저수지만이 아니어서

동백꽃 피는 해우소

나에게도 집이란 것이 있다면
미황사 감로다실 옆의 단풍나무를 지나
그 아래 감나무를 지나
김장독 묻어둔 텃밭가를 돌아
무명저고리에 행주치마 같은
두 칸짜리 해우소
꼭 고만한 집이었으면 좋겠다

나의 방에도 창문이 있다면
세상을 두 발로 버티듯 버티고 앉아
그리울 것도 슬플 것도 없는 얼굴로
버티고 앉아
저 알 수 없는 바닥의 깊이를 헤아려보기도 하면서
똥 누는 일, 그 삶의 즐거운 안간힘 다음에
바라보는 해우소 나무쪽창 같은
꼭 고만한 나무쪽창이었으면 좋겠다

나의 마당에 나무가 있다면
미황사 감로다실 옆의 단풍나무를 지나
그 아래 감나무를 지나 나지막한 세계를 내려서듯
김장독 묻어둔 텃밭가를 지나 두 칸짜리 해우소
세상을 두 발로 버티듯 버티고 앉아
슬픔도 기쁨도 다만
두 발로 지그시 누르고 버티고 앉아
똥 누는 일 그 안간힘 뒤에 바라보는 쪽창 너머
환하게 안겨오는 애기동백꽃,
꼭 고만한 나무 한그루였으면 좋겠다

삶의 안간힘 끝에 문득 찾아오는
환하고 쓸쓸한 꽃바구니 같은

별밭에서 헤매다

하나, 둘, 셋⋯⋯열
다시 하나, 둘, 셋⋯⋯열
열까지 호흡을 세며
세상에 태어나 처음으로 참선이란 걸 해본다
하나, 둘, 셋⋯⋯열
왜 열에서 다시 돌아오라는 걸까
그 뜻을 헤아리는 동안 이 밤이 다 갈 것 같다

별 하나, 별 둘, 별 셋⋯⋯
어설픈 가부좌를 하고 있자니
졸음은 오고 오줌은 마렵고
오만가지 잡념들이 콩 튀듯 팥 튀듯 하는데
슬그머니 선방을 빠져나와 해우소 가는 길
별밭에서 그만 길을 잃었다

별 하나, 별 둘, 별 셋⋯⋯별 열
다시 별 하나, 별 둘, 별 셋⋯⋯

막 양수를 헤엄쳐온 아기의 숨쉬기로

보름사리 뛰노는 바다의 율동으로

미칠 것 같은 젊은 심장의 고동처럼

별 하나, 별 둘, 별 셋⋯⋯별 열

다시 별 하나, 별 둘, 별 셋⋯⋯별 열

왜 열에서 버리라는 걸까

그 뜻을 헤아리는 동안 한시절이 다 갈 것 같다

하나에서 꽃씨처럼 흩어진 날숨이

만개한 수련 같은 열에서 포개어지듯,

일념은 즉 십념이니*

시방세계를 넘어선 열하나 열둘⋯⋯은 다만 욕심의 원
초적 잉여생산물이란 걸까

별 하나, 별 둘, 별 셋⋯⋯별 열 다시 별 하나⋯⋯

십(+)이 가로와 세로에 가득 차듯

멀어졌다 가까워지고 멀어졌다 가까워지는 물소리로

마음은 별 옐에서 돌아와 가득 차네

별 하나, 별 둘, 별 셋……별 옐, 다시 별 하나, 별
둘……
나고죽고나고죽고나고죽고나고죽고나고죽는 한바탕
굿거리처럼
별 하나, 별 둘, 별 셋……별 옐, 다시 별 하나, 별
둘……
헤어지고만나고헤어지고만나고헤어지고만나는 모든
인연처럼
별 하나, 별 둘, 별 셋……별 옐, 다시 별 하나, 별
둘……
피고지고피고지고피고지고피고지는 꽃처럼 상처처럼

* 서산대사의 『선가귀감』에서 인용.

해남시외버스터미널

이젠 돌아가야겠다고 생각하는 순간
지난 일은 지나간 일이 되어버려
마음은 어느덧 어란의 갯벌을 닮아가는구나

꽃 피는 계절에도 마음은 시려
그리움도 그만큼서 언 뺨을 후려치던 봄날과
동백숲에서 마주치던
상처 입은 도마뱀의 눈빛과
미칠 것 같던, 산이면의 시뻘건 황토구릉과
폐허된 사랑과 그리고 또 무엇……

유배지에 걸린 풍경 몇점을
갈피갈피 싸매고 여며
이젠 그만 돌아가야겠다고 생각하는 순간
지난날은 온전히
사구포 앞바다의 눈썹달과
파도 소리를 베고 누워

별들의 거리를 가늠하던 자갈밭과
느릿느릿 나직나직
저녁밥상을 차려주시던
할머니의 손끝으로 회향하는구나

갈두 어란 땅끝 완도……
그 소금기 쓰린 이름들을 하나하나 불러보며
서울행 버스를 기다리는 해남시외버스터미널
등받이 없는 의자에 앉아
등 기댈 아무것도 없는
사람들은 지금 서울로 간다

별빛 아래 누워
파도 소릴 듣던 그 자갈밭이
정도리 바닷가였다는 것도
짐을 꾸린 뒤에야 알았으니

뒤늦게 욱신욱신 쑤셔오는 추억과 함께
잘 있거라 유배지여
잘 가라 시절들이여

지난날은 온전히 지나간 날이 되어
다도해 눈부신 포말로 돌아가는구나

봄산

삼십칠년이란 세월을 내 이름 속에서 헤매었듯 봄산에
서 한때, 길을 잃은 적이 있었습니다 진달래 향기에 깊이
취했던 것도 아닌데 등산객들의 발자국 어지러운 샛길,
길이 너무 많아 차라리 길을 놓아버리고 싶었던 걸까요
길 안팎에서 한나절을 헤매었습니다 바람 속 무성한 시
누대 숲은 좀처럼 길을 열어주지 않고 해묵은 낙엽들은
발밑에서 아프게 바스라지는데

손바닥에 잔금이 이리도 많은 걸 보니 너도 잔근심이
많겠구나, 겨울 실가지처럼 무수한 손금에서 삶의 비밀
을 뒤적이듯 봄산 난마처럼 얽혀 있는 샛길에서 길을 찾
듯 삼십칠년이란 세월을 내 이름 속에서 헤매었습니다
곧을 태 곧을 정, 까짓거 대나무처럼만 살면 될 거 아닌
가 뜻도 모르는 채 내 이름 석자에 온 생을 맡겼습니다
곧고 곧아라 삶도 사랑도, 내 이름대로만 살면 될 거 아
닌가 겁도 없이

봄도 아직 이른 봄이라 살갗을 파고드는 바람에 진달래 낯빛 핏기 없이 질려 있는데 시누대는 제 울음만큼 한 매듭씩 자라나는데 내 몸이 내 이름을 감당하지 못하여 나는 자주 휘청거리곤 했지요 대나무붙이들아 늬들도 과분하게 주어진 이름들이 부끄러워 자꾸만 고개를 숙이는 거니?

손바닥의 잔금만큼 사소한 근심들이 거미줄 치던 세월, 시누대 그 고통의 생장점이 스스로 바람을 불러일으키듯 슬픔이 나를 팽창시켰고 나는 어느덧 손금 위에서 서성이지 않아도 좋을 나이

삼십칠년이란 세월을 내 이름 속에서 헤매듯 봄산에서 한때, 길을 잃은 적이 있었습니다 길을 찾아헤매는 내 발자국이 길 위에 길을 보태었다는 걸, 산을 내려온 뒤에야 알았습니다

동백나무 그늘에 숨어

목탁 소리 도량석을 도는 새벽녘이면
일찍 깬 꿈에 망연하였습니다
발목을 적시는 이슬아침엔
고무신 꿰고 황토 밟으며
부도밭 가는 길이 좋았지요
돌거북 소보록한 이끼에도 염주알처럼
찬 이슬 글썽글썽 맺혔더랬습니다
저물녘이면 응진전 돌담에 기대어
지는 해를 바라보았습니다
햇어둠 내린 섬들은
마치 종잇장 같고 그림자 같아
영판 믿을 수 없어 나는 문득 서러워졌는데
그런 밤이면 하릴없이 누워
천장에 붙은 무당벌레의 숫자를 세기도 하였습니다
서른여덟은 쓸쓸한 숫자
이미 상처를 알아버린 숫자
그러나 무당벌레들은 태앗적처럼

담담히 또 고요하였습니다
어쩌다 밤오줌 마려우면
천진불 주무시는 대웅전 앞마당을
맨발인 듯 사뿐, 지나곤 하였습니다
달빛만 골라 딛는 흰 고무신이 유난히도 눈부셨지요
달빛은 내 늑골 깊이 감춘 슬픔을
갈피갈피 들춰보고, 그럴 때마다 나는
동백나무 그늘에 숨어 오줌을 누었습니다
눈앞에 해우소를 두고서 부끄럼성 없이
부처님께 삼배를 드릴 때처럼 다소곳이
무릎을 구부리고 마음을 내릴 때
흙은 선잠 깬 아이처럼 잠시 칭얼거릴 뿐,
세상은 다시 달빛 속에 고요로워 한시절
동백나무 그늘 속에 깃들고 싶었습니다
영영 나가지 말았으면 싶었습니다

내유리 길목

젖은 길이 버겁다
빗줄기에 기대어 나무들 말이 없고
삶도 의지도 못 미더워라
마른땅에 익숙한 걸음은
자주 진창에 빠지고
그때마다 후두둑,
머리칼 끝에 매달려 있는
빗방울들이 떨어진다

안개가 저 들녘 끝까지 자욱한데
어디선들 마음을 부릴 수 있을까

길들여지지 않은 새들이
빗속으로 날개를 들이민다
한기 속에 들어서야
비로소 온기를 얻는 깃털
저들을 날게 하는 건

날개의 힘만이 아니라는 듯

발끝으로 잠시 진창을 더듬는 사이
가뭇없이 지워지는 새들의 자취

내 유리는 그렇게 빗속에 있고
삶은 언제나
허공을 더듬는 눈빛이어서
길들여진 걸음으로는
차마 한발짝도 나아갈 수가 없구나
발을 디뎌볼 수도 없구나

하행선

우리가 기다리는 것은 무엇일까
춥고 배고픈 밤일수록 열차는 더디 오고

더러는 바람 부는 길모퉁이
생업의 풀뿌리로 떨고 있거나
더러는 눈도 비도 되지 못한
이 겨울의 진눈깨비로 날릴지라도

약속된 불빛을 기다리며
묵묵히 철로 위의 침묵을 견디어낼 때
잃어버린 집결지를 찾아들듯
녹슨 포복으로 열차는 오고
그 나지막한 흔들림과 흔들림 사이
삶은 또한 서둘러 슬픔의
마지막 한방울까지 지우라 하네

기다림의 끝은 무엇이어야 하나

열차에 발을 올려놓으며

잊지 않았다는 듯 뒤돌아보는

멸치

네 뼈로 내 뼈를 세우리
네 살로 내 살을 보태리
네 몸을 이루는 바다로
삶의 부력(浮力)을 완성하리
은빛 비늘의 눈부심으로
무디어진 내 눈물을 벼리리
어느날 문득 육지를 보아버린
네 그리움으로
메마른 서정을 적시리

그리하여 어느 궁핍한 저녁
한소끔 들끓어오르는 국냄비
생의 한때 격정이 지나
꽃잎처럼 여려지는 그 살과 뼈는
고즈넉한 비린내로 한세상이 가득하여,

두 손 모아 네 몸엣것을 받으리

뼈라고 할 것도 없는 그 뼈와
살이라고 할 것도 없는 그 살과
차마 내지르지 못하여
삼켜버린 비명까지도

배추 절이기

아침 일찍 다듬고 썰어서
소금을 뿌려놓은 배추가
저녁이 되도록 절여지지 않는다
소금을 덜 뿌렸나
애당초 너무 억센 배추를 골랐나
아니면 저도 무슨 삭이지 못할
시퍼런 상처라도 갖고 있는 걸까

점심 먹고 한번
빨래하며 한번
화장실 가며오며 또 한번
골고루 뒤집어도 주고
소금도 가득 뿌려주었는데

한 주먹 왕소금에도
상처는 좀체 절여지지 않아
갈수록 빳빳이 고개 쳐드는 슬픔

꼭 내 상처를 확인하는 것 같아

소금 한 주먹 더 뿌릴까 망설이다가
그만, 조금만 더 기다리자
제 스스로 제 성깔 잠재울 때까지
제 스스로 편안해질 때까지

상처를 헤집듯
배추를 뒤집으며
나는 그 날것의 자존심을
한입 베물어본다

향기를 피워올리는 꽃은 쓰다

청매화차라니
나같이 멋없고 궁색한 사람에겐
도무지 어울리지 않는 청매화차
무슨 유명한 다원에서 만든 것도 아니고
초의선사의 다도를 본뜬 것도 아닌

이른 봄 우이동 산기슭에서 우연히 마주친,
모래바람에 휘날리던 꽃잎 한 주먹 주워
아무렇게나 말려 만든 그 청매화차

한 사나흘 초봄 몸살을 앓다 일어나
오늘은 그 청매화차를 마셔보기로 한다
포슬포슬 멋대로 말라비틀어진 꽃잎에
아직 향기가 남아 있을까
첫 날갯짓을 하는 나비처럼
막 끓여온 물 속에서 화르르 퍼지는 꽃잎들
갈라지고 터진 입안 가득

오래 삭혀 말간 피 같은 향기 고여온다

누군가 내게 은밀히 보내는 타전 같기도 해
새삼 무언가 그리워져 잘근잘근
꽃잎 한점을 씹어보았을 뿐인데
입안 가득 고여오는 꽃잎의
은근하게도 씁쓸한 맛
꽃잎의 향기는 달콤하나
향기를 피워올리는 삶은 쓰거웁구나

청매화차라니
달콤하고 은은한 향기의 청매화차라니
삶이 초봄의 몸살 같은 마흔은
향기를 피워올리는 꽃잎의
쓰디쓴 맛을 사랑할 나이

에움길

입춘 무렵, 낙엽 내음 그리워
산자락을 밟는다
겨우내 움츠렸던 마음이
이제야 하루재에 당도했구나
먼발치 원효봉을 그리며
에움길 돌아가는 산행

층층이 계단을 이룬 뿌리들 밟고
눈구름 가득한 허공에 오르니
밭은기침으로 어깨 위에 내려앉는 까치 소리
저놈이 발자국 찍는 바위코숭이는
지난가을 마주친 다람쥐의 온기로
시방도 따뜻하면 좋으리
병아리 햇털처럼 보송보송한 꽃이
산수유 노오란 그것 같은 저 생강나무는
올봄도 산수유인 양 사람 눈을 속일 것이다

느티나무 뿌리가 슬쩍 발을 걸어온다
잠시 몸이 기우뚱한다
내가 너무 숲의 삶들을 아는 체했나
저들이 날 따돌린다고 투정부리다
생의 한때가 꿈처럼 지나갔다

원효봉은 멀어서 더욱 가고 싶은 곳
저 먼발치에 도달하기 위한 산행은
차라리 멀리 우회해야 하는 것
삶에 이르기 위해 삶은
이토록 한시절을 돌아가야 하는 것

제3부

내 손바닥 위의 숲

꽃이삭을 늘어뜨린 상수리
열푸름한 꽃을 피운 회잎나무
흰꽃 잔조롬한 덜꿩나무
연보랏빛 물이 빠진 현호색
그 옆의 작은 개별꽃 노란 금붓꽃

부질없는 세간의 말로나마
이 숲의 삶들을 손바닥에 받아적고 나니
손바닥은 또하나의 숲을 이루었습니다

뒷모습을 불러 세우는 듯한 휘이, 휘요호
새초롬하니 토라진 삐친삐친삐친
어눌한 날 놀리는 쥬비디쥬비디쥬비디
오래된 흉터를 쪼아대는 쑤잇쑤잇쑤잇
넋과 바람을 부르는 휘휘휘요 휘용휘용휘용
그리고, 산밑 길을 돌아 내게로 오는
물소리 바람소리

이 숲이 부르는 진혼가를
손바닥에 받아적고 나니
당신께 보낼 말이 달리 없습니다

쉰 목청으로 우는 산꿩의 간절함과
불러도 불러도 허공으로나 되돌아오는
수취인불명의 메아리와
바위에 돋을새김으로 남긴 물의 발자국과……
그 모든 간절함과 추억을 받아적고 나니
당신께 보낼 전언이 달리 없어
흐르는 물에 가만히 저들을 띄워보냅니다

흙으로 누워 상수리가 되고
현호색 금붓꽃 박새 후투티가 되고
물소리 바람소리가 되어
내 손바닥 위 숲으로 돌아오는 당신

빗돌 아래 제비꽃은 세상에서 가장 낮은 향기로
당신께 타전하는데

오늘밤 달은 없고
이름만 덩두렷한 망월에서
숫 숫쩍, 쓴 울음 삼키는 소리까지 적고 나니
당신께 보낼 것은 단지 슬픔밖에 없어
차라리 입을 다물고 맙니다

군자란······

이 겨울 난초 한뿌리
식구들 곁에서 입김 함께 섞다

불기 모두 사그라든 냉골 한구석
실밥 따는 어머니
뚝배기 같은 손에서도
쑤욱 쑥 자라주는 것이 신통하고 고마워

아믄아믄 그래야제
군자가 어디 별세계 사람이더냐

황소바람 문을 흔드는
정릉 산1번지 단칸방
언 손을 비비며 돌아와 눕는 방은
아랫목 비록 춥다 하여도
군자란
내일 아침 한끼의 봉지쌀 곁에
함께 있는 풀

까치집

평창동 세검정 지나면
어김없이 나타나던 홍제동 재개발구역
저 고층 아파트 꼭대기쯤이었을까
발기발기 까뭉개진 산허리에
아스라이 들어서던 까치집 하나

야간대학 늦은 강의를 듣고 귀가하던 내가
꾸벅꾸벅 졸다 깨다
버스 차창에 열댓번쯤 머리를 짓찧다가도
꼭 그쯤에서 잠이 깨 내어다보던
그 비탈 그 창가의 기우뚱한 삼십촉 불빛
나처럼 늦은 귀가가 또 있어
이슥토록 꺼지지 않는

학비벌이 부업도 쫑나고
그나마 다니던 공장도 문을 닫아
터덜터덜 발품만 팔던 내가

졸다 깨다 졸다 깨다 다시 졸다
그쯤에서 잠이 깨 내어다보면

산그늘 허물어지는 정거장
자욱이 먼지 일며 버스가 서고
어쩌면 발품만 팔던 귀가가 있어
그처럼 막막한 귀가가 또 있어
가풀막진 그림자 허방지방 오르는 밤기슭

어쩌면 학비벌이보다
늦다리 학생의 아르바이트보다 절박한
새끼들의 허기진 늦저녁을 위해
아직은 철거되지 않은 밤
식구들의 물기 없는 잠자리를 위해
실밥먼지 뒤집어쓴 봉두난발
비닐봉지 하나 달랑이며 올라가던

까치야 까치야 무얼 먹고 사아니?

낯선 동행

오년 뒤엔 뭐 하고 있을 거냐고 그가 물었다. 산동네 오르는 비탈길 껑충한 그의 그림자 달빛에 정처없는 듯, 바람 같은 생이 기약없이 떠도는 사이 여자가 시집이라 도 가버리면 어쩌나. 그래서 오년 뒤 불쑥 아이엄마라도 되어 있으면 어쩌나. 그 물음의 쓸쓸한 의도를 알아차려 문득 슬픈 나는 오년 뒤 서른다섯.

요꼬공장을 지나 낮은 지붕들이 휙휙 스쳐가고, 담배 연기 자욱한 골목길을 돌아나오도록 나는 그의 그림자를 따라잡기에 숨이 찼다. 도바리치던 날들의 긴장이 그의 삶을 집중시켰고 그래서 더욱 팽팽해진 그의 걸음은 종 종 나를 소외시켰지만. 쇳가루 서걱이는 그의 삶 속에서 나는 영원히 낯선 사람이었는지 모른다.

솜틀집, 담뱃가게, 달맞이꽃 핀 돌담, 달빛 아래 휘이청 기울어진 한세상을 돌아 다시 어깨를 마주하는 낮은 지 붕들. 그를 숨겨주었다던 루핑지붕 두 칸짜리 절집은 좀

체 찾을 수 없고, 오년 뒤? 아마도 저기서 아이들 코를 닦
아주고 있겠죠 뭐. 금이 간 유리창과 대못이 위태롭게 박
혀 있는 미닫이의 어린이집을 지나치며 무심한 척 나는
말했지만, 그가 웃었을까. 그를 비껴간 대답이 어색하나
마 그에 대한 배려라고 생각했을 뿐, 그때 나는 서투르고
도 어수룩한 갓 서른이었으므로.

그후 그는 영판 떠돌이로 바람결 귀엣말 속에만 존재
했고 오년 뒤, 아이 엄마도 되지 못하고 산동네 아기들의
기저귀도 갈아주지 못한 채 비탈길 오르는 내 발걸음이
숨차다. 그 숨틀집이며 담뱃가게 그리고 그 언덕길의 달
맞이꽃. 지난날의 기억들이 발밑에서 먼지로 날아오르고
포크레인 소리가 자주 가슴을 갈아엎는다. 오년 뒤를 물
어보던 그 폐허에서 그를 비껴간 대답처럼 그의 절망을
비껴간 나는 여전히 할말이 없어 부끄럽고.

먼지바람 자욱한 비탈길을 내려오는데 문득 두려워졌

다. 평지에 발을 딛는 순간 비탈 위의 기억들이 재가 되어버릴까봐. 때묻은 작업복과 해진 운동화, 문 닫힌 공장과 늦은 밤 미싱 소리, 낮은 골목길의 담배연기, 긴 축대 끝의 달맞이꽃, 그의 눈빛만큼 고단했던 시절들이 먼지로 날아오를까봐.

오년 뒤 무얼 하고 있을 거냐고?

북한산

살면서 때로는 너도
부러 들키고픈 상처가 있었을까
이 세상 어디쯤
나를 세우기가 그리도 버거웠었네
때로는 사는 일로 눈시울도 붉히고
사는 것 내 맘 같지 않아 비틀거리다
위태로운 마음으로 허방을 짚으면
휘이청 저 산 위에 기울어진 불빛들
빗장 속의 안부를 묻고 싶었네
모두들 어디에 기대어 사는지
너는 또 무엇으로 세상을 견디는지
너에게 이르는 길은
너를 넘어가는 것보다 더욱 숨이 찼었네
상처도 삭으면 향기를 이루리라
노을에 지친 어깨는 또 그렇게 일러주지만
석간 하나 사들고 길모퉁이 돌아서면
문득, 대궁밥만큼 비어 있는 산그림자

해창물산 경자언니에게

설거지를 마치고 개천가에 나와 앉으니
널어놓은 빨래들 사이로 모람모람
밥티꽃 닮은 별들이 활짝 피었습니다
정릉천 비린 몸내에 취해 텀벙텀벙
금시라도 뛰어들 것 같은 별무리를 헤치고
하늘번지를 더듬어 거문고자리를 찾아갑니다
어쩌면 오늘밤 저 비린 물소리는
밤하늘이 연주하는
깊고 푸른 거문고산조가 아닐는지요

개천 건너엔 여직 환한 공장의 불빛
점심 먹고 저녁 먹고
실밥을 따고 아이롱을 달구는 당신
늦게 나온 별처럼 깜빡깜빡
고단한 두 눈이 졸음으로 이울고
숨차게 돌아가는 미싱 소리에 이 밤은
끝도 없을 것 같아도

오늘밤 무슨 불꽃놀이라도 있는지
잔치라도 한판 걸게 벌이려는지
물 위에 드리워진 불빛을 밟고
가만 가만히 다가가서는
당신의 창가에서 펑펑 터지는 별들
그러나 당신은 아랑곳없고
미싱은 숨차게 돌아가고
실밥은 하나 둘 쌓여가고

보세요 당신
그 거친 손에서 달구어진 아이롱처럼
이밤사 순결하게 달아오른 별들을
따버린 실밥들이 하나 둘 쌓여갈 때마다
활발해지는 이 어둠의 풍화작용을
보세요, 땀방울 하나 헛되이 쓰지 않는 당신
누구의 땀과 폐활량으로 오늘밤
하늘의 사막에 별이 뜨는지

세상의 불빛 한점

세상에 보태줄 것 없어
마음만 숨가쁘던 그대 언덕길
기름때 먼지 속에서도
봉숭아는 이쁘게만 피었더랬습니다
우리 너무 젊어 차라리 어리숙하던 시절
괜시레 발그레 귓불 붉히며
돌멩이나 툭툭 차보기도 하고
공장 앞 전봇대 뒤에 숨어서
땀에 전 작업복의 그대를
말없이 바라보기나 할 뿐
긴긴 여름해도 저물어
늦은 팻거리 사들고 허위허위
비탈길 올라가는 아줌마들을 지나
공사장 옆 건널목으로 이어지던 기다림 끝엔
언제나 그대가 있었습니다
먼 데 손수레 덜덜 구르는 소리
막 잔업 들어간 길갓집 미싱 소리

한나절 땀으로 얼룩진 소리들과 더불어
숨가쁜 비탈길 올라가던 그대
넘어질 듯 넘어질 듯 허방을 짚는 손에
야트막한 지붕들은 덩달아 기우뚱거렸댔습니다
그대 이 언덕길 다할 때까지
넘어지지 말기를
휘청거리지 말기를
마음은 저물도록 발길만 흩뜨리고
그대 사라진 언덕길 꼭대기에는
그제 막 보태진 세상의 불빛 한점이
어둠속에서 참 따뜻했더랬습니다

거식증

빈둥빈둥 놀면서 세끼 밥을 대한다는 것은
정말 자존심 상하는 노릇이다
단 한번이라도
밥상머리에 당당히 앉아본 적이 있는 사람이라면 알
리라
손가락 하나 까딱 안하면서 쉽게
시를 쓰듯이 정말 쉽게 밥을 먹는 것이
얼마나 눈물 나는 이 시대의 코미디인지를

그러나 더욱 우스운 것은
들고 나는 때를 모르는 밥이란 위인이다
일하는 입 놀고먹는 입 사이에서
제자리를 찾지 못하는 어색한 얼굴이야말로
어정쩡한 이 시대의 풍자다

그러니 제발 부탁이다
먹는 놈도 먹히는 놈도

똑같이 괴롭고 모욕적인 오늘

권태로움이여 놀고먹는 위장이여
오늘만큼은 저들을 거부해다오
씹히는 맛도 저항의 맛도 없는 백색무미의 오합지졸
들을

또한 거부해다오 밥이여
못나고 순해터진 느이들끼리 스크럼을 짜고
룸펜의 아가리를 거부하는 주먹밥의 몸짓으로
오늘은 시궁창에 버려진 쉰밥이 될지언정
오늘은 오늘만큼은

물 속의 비늘

어둠 속에서 번득이는 것이 있다
불을 켜면 황망한 물소리 남기고
물풀 뒤로 사라지는 지느러미

내가 밥을 먹을 때나
혹은 찬 방바닥에 엎드려 시를 쓸 때도
내 엉거주춤한 타협의 자세를 비웃는 듯
사각의 유리 안에서
게릴라처럼 번득이는 금붕어의 비늘

손가락 사이를 빠져나가는
그 삶의 날 선 긴장감은
나의 시를 간섭하고
나의 생활을 간섭하고
서른 넘어 적당히 주저앉고 싶은 불안한 나이를 간섭
한다

유리 한장을 사이에 두고
짧은 수인사와
자꾸만 헛나오려는 말들
몇권의 책과 영치금으로
부끄러운 시대를 변명하듯
유리 한장을 사이에 두고
너와 나의 대면은 참으로 어색하고 쓸쓸하다

그러나 만약 이쯤에서
적당히 물을 갈아주고 싶다면
고단한 지느러미의 노동 그만 쉬게 해주고 싶다면
너는 또 뭐라고 비웃을 거냐
타협과 갈등은 유리 한장 차이라고?
변절은 그렇듯이 손바닥 뒤집기라고?

산

생솔잎 씹으며 산을 오른다
작살나무 자줏빛 꽃내음이 자주
발길을 혼곤하게도 하지만
마음은 벌써 저 능선 위 바람 끝에 머문다

봄내 숲의 어린것들은 모두 날개를 달아
제 밥술의 무게만큼 한세상 떠메고 붕붕거리는데

사람들은 모두 어디로 갔을까
한줌 흙만 남기고
한점 살만 남기고

옛 할아버지 적부터 배고픈 산
굶주림에 지친 사람들은 산으로 가
붕붕거리는 여린 날개가 되고
작살나무 자줏빛 꽃내음이 되고
갈피갈피 바위의 푸른 이끼가 되어 숲을 이루고

숲이 숲을 불러
메아리가 메아리를 불러
굶주림이 굶주림을 불러

이 저녁 허기진 밥상 위에
따뜻한 고봉밥으로 숲을 이룬 산이여

역마

한평생 그는 역마였다

탯줄을 묻은 목포는 그가 떠나온 원시의 숲이었을 뿐,
역마살은 그에게 남아 있는 마지막 야성이었다

사랑하는 여자가 있었는지 그로 인해 행복한 시절도
있었는지 부질없는 과거사는 모르겠지만

협궤열차에 소금으로 실려가는 조국은 아직 식민지였
고 부두노동자 파업을 주동하다 상처 입은 짐승으로 쫓
기던 자생적 사상불온자, 그가

단 한번 이승의 집을 짓고 한세상 팔자로 못을 박은 곳
이 무안군 일로읍 의산리 2구

세상의 모든 깡통들과 쉰 밥풀때기와 헤지고 터진 상
처들이 모여 밥과 집과 땀과 눈물을 나누던 각설이 공
동체

나라님이라도 부당한 행패를 부리면 볼기를 쳐서 내쫓
고 남에게 빌린 돈은 목숨을 걸고 갚는다는 원칙에 각설

이 자존심을 지켰다

　쉰밥의 힘으로나마 아궁이를 파고 지붕을 엮고 거적때
기 뒷간에 장독대까지 지아비에 지어미에 밤이면 칭얼대
는 새끼들까지 새벽 닭울음에 개 짖는 소리에 염소들 뿔
싸움 하는 소리까지
　제법 일가를 이루고 마을을 이루고 산천을 이루자 말
발굽 소리도 없이 역마는 숲을 떠난 지 오래

　해방이 되어도 조국은 그를 부르지 않았고 깃발을 흔
들며 웃지도 울지도 못하던 작은이 작은이 김작은이
　강물이 돌고 돌아 한세상을 이루도록 역마살은 그를
살아 있게 하는 마지막 광기였다

봄날 저녁

왕그나아아
늙은 보살님 목소리가 나른한 봄저녁을 깨운다
오늘 하루도
쌀 씻어 밥 지어 부처님들 봉양했다고
오늘 하루도
쑥 캐다 쑥국 끓이고
냉이 캐다 냉이 무쳤다고
아무럼
쑥은 쑥이고 냉이는 냉이이지

왕그나아아 아따, 이 썩을눔이 워디로 갔다냐
해 지기 전에 서둘러 산을 내려가야 하는데
봉고차 태워 퇴근시켜줄 처사는 보이지 않네

왕그나아아 워따, 이 썩을눔이 워디서 또 슬푸고 있는
갑다
어미소 울음 같은 소리가

산 아래 바위를 굴릴 만한데
주발은 주발대로 씻어 나란히
대접은 대접대로 씻어 가지런히
오늘 하루도
주발에다 밥 담고 대접에다 국 담았다고
아무렴
주발은 주발이고 대접은 대접이지

궁핍이 나로 하여

몇주째 견뎌오던 보릿고개를 박차고 일어나 다시,
밥이 되고 공과금이 되고 월세가 될 글을 쓴다

그동안 글이 되지 않는다고 투덜대면서
비가 오면 비가 와서 안된다고
바람 불면 바람 불어 안된다고
이 핑계 저 핑계로 배가 불러
오래 묵혀두었던 원고뭉치를 꺼내
햇빛에 곧 바스라질 것 같은 원고뭉치를 꺼내
먼지도 털어내고

나의 밥줄 286 앞에 앉아
빼고 더하고 곱하고 나누고 엮어
봄나물 다듬듯 글발을 다듬으니

웬일인가
그토록 안 받던 화장발이

쥐어짜도 안 나와주던 글들이
시원스레 구토를 하고 설사를 한다

이것도 보릿고개 덕이라면 덕이겠다
궁핍이 나로 하여 글을 쓰게 하니
궁핍이 글로 하여 나를 살게 하니
가난은 어쩔 수 없는 나의 조력자인가

배부른 아홉시에는

잊고 살다가
무엇을 잊었는지조차 잊고 살다가
늘 그만저만한 일상
자다 깬 눈으로 세상을 멀거니 바라만 보다가
저녁상 물리고 난 아홉시에는
배가 불러
배가 불러서 슬금슬금 잠이 오는데
뉴스는 하필 아홉시에 하는지
반쯤 감은 눈으로 무얼 보라 하는 건지
배부른 아홉시에는
아프간도 팔레스타인도 꾸벅꾸벅
졸고 있는 강 건너 불빛인데

잊고 살다가
어설픈 희망에 섣부른 절망에 길들지 않으려
세상을 적당히 졸며 살다가
이라크에 전쟁이 날지 말지

미국의 속셈이 오펙을 겨냥한 건지 어쩐 건지
테러와 전쟁과 기아와 난민은
12인치 속에서나 존재하는 절망인데

저녁상 물리고
설거지도 말끔히 끝낸
배부른 아홉시에는
슬금슬금 졸음 오는 아홉시에는
아직 잠들기엔 이른 아홉시에는
마감이 코앞인 시나 한편
심심한 시나 한편 써야겠다

언젠가 보았던 공장 담벼락 공고판
'실밥 따는 아줌마 구함
1EA당 50냥
꼬마 시다 환영'을 낙서처럼 끄적이면서
아직도 그 고단한 노임이

1EA당 50냥인지 어쩐지는 모르겠지만
꼬마 시다 환영이라는 속보이는 문구도
아랍을 겨냥한 미국적 속내를 닮았는지 어쩼는지 모르
겠지만
배부른 아홉시에는
1EA당 50냥의 노동도
실밥 따는 아줌마도 꼬마 시다도
아프간이나 팔레스타인만큼 먼
강 건너 불빛 배부른 아홉시에는,

배가 불러 텔레비전도 둥글게 보이는 아홉시에는
아직 잠들기 아까운 아홉시에는
심심한 시나 한편 써야겠다
실밥 따는 아줌마 혹은
꼬마 시다의 노동을 엿보는
언어의 프락치나 돼야겠다 배부른 아홉시에는

■

해설

어둠속의 불빛 한점

정우영

　훌쩍, 그야말로 훌쩍 떠나가버렸다. 미련은 조금도 없어 보였다. 그렇다고 귀농은 아니었다. 절집을 찾아 떠난 것도 아니었다. 그저 시골에서 살고 싶다고 했다. 참 자유로운 행보여서 오히려 낯설게 느껴졌다. 아니다, '낯섦'은 내 식의 표현이며 그는 전혀 낯설지 않을 것이다. 애초부터 있어야 할 곳을 찾은 자의 간절한 성취로 목멜는지는 몰라도.

　그런 그가 며칠 전 해남에서 전화를 걸어왔다. 목소리에 활기가 실려 있었다. 안착했구나 싶어 적이 맘이 놓였다. 참 달랐다. 서울에서 듣는 그의 목소리는 왠지 힘이 없고 나른했다. 뭔가에 주눅든 것처럼 주춤거리곤 했다. 그런데 해남에서 들려오는 목소리는 당당했다. 마음 가라앉은 자의 여유마저도 풍겨나왔다. 전화기 저켠의 자연스러운 활기 덕분에 나도 덩달아 생생해졌다. 마침내 그는 저 땅끝 해남에서 자신의 움터를 찾은 것인가.

그는 상당히 오랫동안 변두리의 삶을 인내해왔다. 온전히 서울내기임에도 전혀 서울내기 같지 않았다. 달라지는 서울 속에서 달라지지 않는 정물처럼 살았다. "솜틀집, 담뱃가게, 달맞이꽃 핀 돌담, 달빛 아래 휘이청 기울어진 한세상을 돌아 다시 어깨를 마주하는 낮은 지붕들"(「낯선 동행」) 아래, "산그늘 허물어지는 정거장/자욱이 먼지 일며 버스가 서고/어쩌면 발품만 팔던 귀가가 있어/그처럼 막막한 귀가가 또 있어/가풀막진 그림자 허방지방 오르는 밤기슭"(「까치집」)에 자기 몸을 뉘었다.

그러나 그가 정물처럼 살았다고 하여 모든 것이 정지되어 있었다고 생각하면 안된다. 내면에서 그의 열정은 끊임없이 끓어넘치고 있었다. 포위해오는 현실의 압박이 아무리 거세도 "씹히는 맛도 저항의 맛도 없는 백색무미의 오합지졸"(「거식증」)이 되기를 그는 거부했다. "못나고 순해터진 느이들끼리 스크럼을 짜고/룸펜의 아가리를

116

거부하는 주먹밥의 몸짓으로/오늘은 시궁창에 버려진 쉰밥이 될지언정/오늘은 오늘만큼은"(같은 곳) 거부해달라고 추동하곤 했다. 밥이여, 목숨이여 저 자본주의와 물질세계로의 편입을 완강히 거부해달라고.

하지만 끈질긴 자본주의와 물질세계의 탐욕 앞에 무릎 꿇는 현실은 그에게 정물로서의 삶도 쉬 허락하지 않았다. 이제 그의 내면에도 두려움이 깔리기 시작한다.

먼지바람 자욱한 비탈길을 내려오는데 문득 두려워졌다. 평지에 발을 딛는 순간 비탈 위의 기억들이 재가 되어버릴까봐. 때문은 작업복과 해진 운동화, 문 닫힌 공장과 늦은 밤 미싱 소리, 낮은 골목길의 담배연기, 긴 축대 끝의 달맞이꽃, 그의 눈빛만큼 고단했던 시절들이 먼지로 날아오를까봐.

— 「낯선 동행」 부분

아마 그때부터 그의 영혼 한자락은 슬슬 '하행선'을 타고 서울을 벗어난 것 아닐까. 서울이 변하면 변할수록 서울에서 멀어지다가 해남에까지 이른 것 아닐까. 그러다가 2004년에는 아예 그 혼을 따라 몸도 선뜻 길을 나선 것 아닐까. "삶은 언제나/허공을 더듬는 눈빛이어서/길들여진 걸음으로는／차마 한발짝도 나아갈 수가 없"고, "발을 디뎌볼 수도 없"(「내 유리 길목」)으므로. 길들여지지 않은 곳, '세상의 불빛 한점'을 찾아서. 등단 13년 만에 펴내는 그의 첫 시집은 그 도정의 절절한 기록이다.

세상에 불빛은 많지만 내가 찾는, 나만의 불빛은 잘 보이지 않기 마련이다. 시인은 다행히 미황사에 이르러 그 불빛과의 인연을 얻는다. 미황사는 언젠가부터 시인들의 이상향이 되다시피 한 곳이다. 마음이 고달파진 시인들은 문득 미황사에서 머물다 되돌아오고는 했는데, 신통하게도 그 뒤 썩 괜찮은 작품들을 내보이는 것이다. 미황사는 비우는 게 두려워서 절집에 들지 못하는 시인들의 어떤 부분을 치유하는 능력이 있는 것인가.

시인은 그 무렵, "사랑도 나를 가득하게 하지 못하여／고통과 결핍으로 충만하던 때"였다. 하여 그는 "쫓기듯 땅끝 작은 절에 짐을" 부린다. "아물지 못한 상실감으로 한 시절을／오래, 휘청"(「미황사」)인 뒤였다. 추측건대, 아물지 못할 상실감으로 오래도록 그를 휘청이게 한 것은 어머니의 죽음이 아니었을까 싶다. 그의 내밀한 성정으로 보아 어머니의 죽음은 보통 사람보다 훨씬 큰 정신적 타격을 그에게 입혔을 것이다.

차마 다 터뜨리지 못한 울음처럼
늙은 달이 온몸을 밀어올리고 있었습니다
그의 필생의 호흡이 빛이 되어
대웅전 주춧돌이 환해지는 밤
오리, 다람쥐가 돌 속에서 합장하고
게와 물고기가 땅끝 파도를 부르는
생의 한때가 잠시 슬픈 듯 즐거웠습니다
열반을 기다리는 달이여
그의 필생의 울음이 빛이 되어
미황사는 빛과 어둠의 경계에서 홀로 충만했습니다
——「미황사」 부분

  반야심경 낭랑하게 미황사를 감싸도는 어느날 밤중에
그에게 "대웅전 주춧돌이 환해지는" 법열(法悅)과 함께
심안(心眼)이 열린다. 그것의 매개자는 '늙은 달'이다. 온
몸을 밀어오르며 떠오르는 늙은 달이 그를 심안의 세계
로 이끄는 것이다. 그곳에서 그는 '늙은 달'의 열반을 보
며, 오리와 다람쥐가 돌 속에서 합장하고 게와 물고기가
땅끝 파도를 부르는 신이(神異)를 목도한다. 그런데 왜 그
에게 이와 같은 심안의 세계가 열린 것일까. 나는 그것을

119

'아물지 않은 상실감'의 대상인 어머니에게서 찾는다. 심안이 아니면 어머니를 불러들일 수가 없다. 이쯤에서야 왜 그가 달을 굳이 '늙은 달'이라고 표현했는지도 해명이 된다. 열반하는 늙은 달에 어머니의 삶과 눈물이 겹쳐진 것이다.

"필생의 울음이 빛이" 된 달(혹은 어머니)로 인해 "빛과 어둠의 경계에서 홀로 충만"한 미황사는 그러나 동시에 이별의 공간이다. 이젠 달도 어머니도 놓아보내고 "잠시 슬픈 듯 즐거웠"던 한때를 떠나보내야 한다. 그러나 그 헤어짐은 이전과는 다르다. 심안으로 듣는 내 울음소린 "뒤란에서 저 홀로 익어가는/간장맨치로 된장맨치로 톱톱하니/은근하니 맛깔스럽"(「가을 드들강」)기까지 하다.

이처럼 미황사에서 달빛 세례를 받아 심안에 눈뜬 시인은 슬픔을 객관화하여 바라볼 수 있을 만큼 한결 여유를 회복한다. 그 여유 속으로 들어온 것이 사물과의 순정한 소통이다. 그때 그의 말간 눈앞에 한번도 본 적이 없는 물푸레나무 이미지가 문득 떠오르는데, 시인은 거기서 아주 매혹적인 소통을 본능적으로 느낀다.

물푸레나무, 그 파르스름한 빛은 어디서 오는 건지

물 속에서 물이 오른 물푸레나무
그 파르스름한 빛깔이 보고 싶습니다
물푸레나무빛이 스며든 물
그 파르스름한 빛깔이 보고 싶습니다
그것은 어쩌면
이 세상에서 내가 가장 사랑하는 빛깔일 것만 같고
또 어쩌면
이 세상에서 내가 갖지 못할 빛깔일 것만 같아
어쩌면 나에겐
아주 슬픈 빛깔일지도 모르겠지만
가지가 물을 파르스름 물들이며 잔잔히
물이 가지를 파르스름 물올리며 찬찬히
가난한 연인들이
서로에게 밥을 덜어주듯 다정히
체하지 않게 등도 다독거려주면서
묵언정진하듯 물빛에 스며든 물푸레나무
그들의 사랑이 부럽습니다

―「물푸레나무」 부분

그가 사물과 만나는 방식은 사뭇 다정하고 나긋나긋하
다. 잔잔하고 찬찬하게 다독거린다. 마치 서로가 서로에게 물들듯이 그렇게. 그는 세상과 대결한다기보다는 감싸안으려 애쓴다. 그의 이같은 순정(純情)은 참으로 맑아서 익숙지 않은 사람은 일순 당황하기도 한다. 탁한 마음에 그의 맑은 기운이 "가지가 물을 파르스름 물들이며 잔잔히" 스며듦을 견뎌내기 어렵기 때문일 것이다.

그러나 그의 이와 같은 순정을 순수서정시에 빗대어서는 안될 일이다. 그가 「시의 힘 욕의 힘」에서 선언한 대로, "순도 백 퍼센트를 내세우고도 모자라 / 순, 진짜만을 부르짖는 예술순교주의파 시인들이 / 점잖게 경멸을 한다 해도 어쩔 수 없"다. 그의 순정은 공허한 순수서정은 따라올 수 없을 만큼 돌올한 서정시들을 빚어내고 있기 때문이다. 나는 이러한 그의 성취를 민중서정시의 진경이라고 부르고 싶다. 80년대의 저 억센 민중시는 구현하지 못한 유현하고 아름다운 민중의 삶을 애잔하고 넉넉하게 품어안고 있는 것이다. 「내유리 길목」「사방연속꽃무늬」 등도 빼어나지만, 나는 「달마의 뒤란」의 징글징글한 아름다움에 폭 빠진다. 시인의 감성과 시세계의 어울림이 최고조에 달한 느낌이다.

어느 표류하는 영혼이
내생을 꿈꾸는 자궁을 찾아들듯

떠도는 마음이 찾아든 곳은
해남군 송지하고도 달마산 아래

장춘이라는 지명이 그닥 낯설지 않은 것은
간장 된장이 우리 살아온 내력처럼 익어가는
윤씨 할머니댁 푸근한 뒤란 때문이리라

여덟 남매의 탯줄을 잘랐다는 방에
무거운 배낭을 내려놓고 모처럼 나는
피곤한 몸을 부린다
할머니와 밥상을 마주하는 저녁은 길고 따뜻해
이 세상이 이 세상 같지 않고

개밥바라기별이 떴으니
누렁개도 밥 한술 줘야지 뒤란을 돌다
맑은 간장빛 같은 어둠에
나는 가만가만 장독소래기를 덮는다
느리고 나직나직한 할머니의
말맛을 닮은 간장 된장들은 밤 사이
또 그만큼 맛이 익어가겠지

여덟 남매를 낳으셨다는 할머니
애기집만큼 헐거워진 뒤란에서
태아처럼
바깥세상을 꿈꾸는 태아처럼 웅크려 앉아
시간도 마음도 놓아버리고 웅크려 앉아
차랍차랍 누렁이 밥 먹는 소릴 듣는

해남하고도 송지면 달마산 아래
늙고 헐거워져 편안한 윤씨댁 뒤란은
이 세상이 이 세상 같지 않고
오늘밤이 오늘밤 같지 않고
어제가 어제 같지 않고
내일이 내일 같지 않고 다만

개밥바라기별이 뜨고
간장 된장이 익어가고
누렁이 밥 먹는 소리
천지에 꽉 들어차고

—「달마의 뒤란」 전문

뒤란의 평화와 태곳적 고요의 아름다움으로 충일하다.

그는 "해남군 송지하고도 달마산 아래"에 "피곤한 몸을 부리는"데 "떠도는 마음이 찾아든" 이곳이야말로 그에게 선험적인 공간이다. 이미 예정된 곳이 아니었을까 싶은 것이다.(달마 선사의 부르심인지?) 뒤란은 그야말로 시인에게 딱 맞는 공간이다. 그것을 넘어설 만한 심상을 달리 찾기 어렵다. 나는 김태정 시의 아름다운 근거지를 하나 찾으라면 뒤란을 들고 싶다. "여덟 남매를 낳으셨다는 할머니 / 애기집만큼 헐거워진 뒤란" "늙고 헐거워져 편안한 윤씨댁 뒤란은" "시간도 마음도 놓아버"린 곳이며, "이 세상이 이 세상 같지 않고 / 오늘밤이 오늘밤 같지 않"은 신비의 공간이다. 그곳은 이를테면 우리 원형의 곳집이며 태곳적 자궁이다. "느리고 나직나직한 할머니의 / 말맛을 닮은 간장 된장들은 밤 사이 / 또 그만큼 맛이 익어가"는 뒤란의 이미지는 우리에게 그늘의 생성력을 여실히 보여준다. 뒤란은 박지원(朴趾源)이 말하는 것처럼 옛것을 본받아 새로운 것을 창조하는 '법고창신(法古創新)'의 황홀한 정취가 빚어지는 곳이다. 이 법고창신의 기조는 김태정 시 곳곳에서 변주되어 나타나는데, 나는 그것을 '빛나는 골동의 정서'로 풀어보고 싶다.('골동'을 부디 자질구레함으로 해석하지 말기를. 여기서의 '골동'은 희소가치가 큰 오래된 것의 의미이니만큼) 사실 김태정

만큼 잃어버린 옛것 혹은 낡은 것들의 심상을 현존재로
뚜렷이 부각시켜내는 시적 경지를 이룬 시인도 드물다.
이쯤에서 그의 시 도처에서 숨쉬고 있는 익숙한 옛것 혹
은 낡은 것들을 한번 불러내보자.

'호마이카상, 286컴퓨터, 실밥따기, 여수 14연대 구빨
치, 쌀 한줌 두부 한모 사들고 돌아오는 저녁, 최루가스,
늘어진 카세트테이프, 뒤란, 실밥먼지 뒤집어쓴 봉두난
발, 솜틀집, 달맞이꽃 핀 돌담, 루핑지붕, 아이롱……'

그는 이처럼 헤아릴 수 없이 많은 '잃어버린 심상' 들
을 시집 곳곳에서 살게 하는데, 그것이 결코 낯설지 않
다. 오히려 향기롭고 정겹다. 낡은 기억을 헤집고 나와서
는 아주 귀한 무엇이라도 되는 듯이 은근슬쩍 우리 맘속
양지뜸에 자리잡는다. 예컨대 시인의 기억 속에 부려진
이같은 심상들은 「달마의 뒤란」에서 보듯 더이상 음지의
것들이 아니다. 양감(量感, 또는 陽感) 있는 현존재인 것이
다. 이런 점 때문에 나는 「나의 아나키스트」를 주목한다.
이 작품이야말로 '빛나는 골동의 정서'를 승화시킨 탁월
한 성취가 아닌가 싶은 것이다.

원고로 먹고사는 사람들에겐 뭐니뭐니 해도 컴퓨터
의 장점은 속도와 정보와 통신이라지만

정보와 통신이 두절되고 속도를 아예 잊어버린 그의
자폐적 태평세월이 흔적을 남기지 않는 그의 신중함이
열받을 땐 백매든 천매든 미련없이 날려버리는 그 화
끈함이 내겐 무엇보다 믿음직스러워서

어떤 사상이든 어떤 정견이든 어떤 욕설이든 내뱉어
도 발설하지 않는 나의 286은 외계와의 교신을 버린 아
나키스트라서

흔적을 사냥하는 광견의 시대 팔공년대를 통과하면
서 천기누설공포증이라 해도 좋을 풍토병을 다만 아웃
사이더였을 뿐인 나까지 덩달아 앓았으니

볼펜을 쥐는 것조차 두렵던 시절 시도 편지도 머릿
속으로만 쓰는 습관이 들었으므로 전화번호를 씹어삼
키는 버릇이 생겼으므로

— 「나의 아나키스트」 부분

하지만 그는 이제 '빛나는 골동의 정서'에서 벗어나고
자 한다. 그의 이와 같은 결의가 두드러지는 작품이 시집
맨 앞에 실려 있는 「호마이카상」이다. 그는 호마이카상
에게 이렇게 말한다. "이젠 너를 갈아치울 때가 되었나
보다"고. 왜냐하면 "나의 무표정까지도 거뜬히 / 읽어낼
줄 아는 네가", "내 행동을 점칠 줄 아는 네가 무서워졌"

기 때문이다. 호마이카상으로 표상되는 익숙한 옛것 혹은 낡은 것들은 김태정 시의 원천이자 거울이다. 그런데 그 거울에 나를 비춰보자, "책상도 되고 밥상도 되는 네 앞에서 / 시도 되지 못하고 밥도 되지 못하는 / 나의 현재가 문득 초라해졌다." 이미 한 시기가 지나 내게 익숙한 것도 가치 있지만, 그것에만 매달리면 고착된다. 호마이카상은 그에게 바로 이 점을 일깨워준 것이다.

이런 자각은 그에게 몇가지 통과의례를 거치게 하는데 예컨대 다음과 같은 것들이다. 「동백나무 그늘에 숨어」의 정화작용으로서의 '대지에 오줌누기', 「배추 절이기」의 시퍼런 배추에서 보이는 "그 날것의 자존심" 회복, 「멸치」가 그에게 남긴 삶의 각오("무디어진 내 눈물을 벼리리 / 어느날 문득 육지를 보아버린 / 네 그리움으로 / 메마른 서정을 적시리").

이러한 통과의례를 넘어 그가 다다른 곳은, 「겨울산」에서 보이는 가슴 시린 사랑 이야기와 「동백꽃 피는 해우소」의 "삶의 안간힘 끝에 문득 찾아오는 / 환하고 쓸쓸한 꽃바구니 같은" 소담한 일상에의 바람이다. '눈물의 배후'에서 숨쉬던 민중서사가 속울음을 접고 드디어 전면에 나서는 것 같은.

예컨대 "쌀 한줌 두부 한모 사들고 돌아오는 저녁 / 내

야트막한 골목길에 멈춰서서 바라보면/배고픈 애인아/따뜻한 저녁 한끼 지어주랴/너도 삶이 만만치 않았으리니/내 슬픔에 네가 기대어/네 고독에 내가 기대어/겨울을 살자/이 겨울을 살자"(「겨울산」)고 속삭이는 그의 목소리를 자꾸 듣고 있자니 마음 한곳이 싸해진다. 애달 프고 아리지만, 훈훈하다. 가슴에서 공명하는 진정성의 울림이 깊고 아늑하다. 정말 순정해서 말갛게 깊다. 그리 하여 계속 그의 시를 읊조리다 보면 어느덧 시에 동화되 어 순정해진 나 자신을 만나게 된다. 바로 이 지점이 김 태정의 시사적 위치가 아닐까. 지상에 순정한 세계를 퍼 뜨리는 민중서정시의 아름다움.

기실 민중서사의 에너지는 세상에 대한 분노에서 나오 는 것이 아니라, 이와 같은 순정한 세계의 구현에서 비롯 됨을 나는 「해창물산 경자언니에게」에서 확인한다.

보세요 당신
그 거친 손에서 달구어진 아이롱처럼
이밤사 순결하게 달아오른 별들을
따버린 실밥들이 하나둘 쌓여갈 때마다
활발해지는 이 어둠의 풍화작용을
보세요, 땀방울 하나 헛되이 쓰지 않는 당신

누구의 땀과 폐활량으로 오늘밤

하늘의 사막에 별이 뜨는지

—「해창물산 경자언니에게」 부분

노동의 가치가 이처럼 다사롭게 울리는 시도 달리 찾
기 어렵다. 저 '하늘의 사막'에 뜨는 별은 순전히 노동자
의 땀과 폐활량에 의한 것이라는 다감한 믿음이 왠지 낮
설게 여겨질 만큼 우리는 노동에서 멀리 떨어져 있다. 아
직도 수많은 이땅의 '경자언니'들이 따버린 실밥뭉치가
모여 저 하늘에 희망이라는 이름의 별로 떠 있음에도 불
구하고. 그러므로 그의 모색과 사유가 이제 좀더 넓어지
고 깊어지기를 바란다. 그가 찾는 '불빛'이라는 진정성은
그 어디에만 존재하는 게 아니라, 세상천지의 사람살이
에 있다고 보이므로.

하여 나는 그에게 곡진하게 청하는 것이다. "한나절 땀
으로 얼룩진 소리들과 더불어/숨가쁜 비탈길 올라가던
그대," "이 언덕길 다할 때까지/넘어지지 말기를/휘청
거리지 말기를". "그제 막 보태진 세상의 불빛 한점이/어
둠 속에서 참 따뜻"(「세상의 불빛 한점」)해질 때까지.

鄭宇泳 | 시인

130

■

시인의 말

마흔해가 넘도록 깃들여 살아온 서울을 떠나 해남에 내려오기까지 스스로를 내몰지 않을 수 없었다. 낯선 곳이 낯설지 않게 느껴지는 것은 정 많은 사람들의 푸근한 심성 때문이리라.

뒤늦게 묶어내는 시집이라 부끄럽지만, 그래도 나눌 즐거움이 있다면 이곳 '정 많은 사람들'과 함께 나누고 싶다.

작고 보잘것없는 시들이나마 부모님 영전에 바쳐지는 술 한잔, 물 한모금이 될 수 있다면 더이상 바랄 게 없겠다.

2004년 7월
김태정

창비시선 237

물푸레나무를 생각하는 저녁

초판 1쇄 발행 / 2004년 7월 30
초판 13쇄 발행 / 2025년 4월 21일

지은이 / 김태정
펴낸이 / 염종선
편집 / 고형렬 김정혜 문경미 안병률 김현숙
미술·조판 / 윤종윤 정효진 신혜원 한충현
펴낸곳 / (주)창비
등록 / 1986년 8월 5일 제85호
주소 / 10881 경기도 파주시 회동길 184
전화 / 031-955-3333
팩시밀리 / 영업 031-955-3399 편집 031-955-3400
홈페이지 / www.changbi.com
전자우편 / lit@changbi.com

ⓒ 김호택 2004
ISBN 978-89-364-2237-0 03810